KB150180

金起林詩集·太陽의風俗

學藝社

裝幀　金晩炯

어떤 親한 『詩의 벗』에게

드디여 이책은 完成된 秩序를 가추지못하였다。彷徨 突進 衝突 그러한것들로만찬 어쩌면 이렇게도 野蠻한土人의地帶이냐?

그러면쉬도 내가勸하고싶은것은 依然히 相逢이나 歸依나 圓滿이나 師事나 妥協의美德이아니다。차라리 訣別을——쉬東洋的寂滅로부러 無節制한 感傷의排泄로부터 너는 이即刻으로 떠나지안어쉬는 아니된다。

嘆息。그것은 紳士와淑女들의 午後의禮儀가아니고 무엇이냐? 秘密。어쩌면 그렇게도 粉바른할머니인 十九世紀的 「비ー너쓰」냐? 너는그것들에게 쉬 지금도 곰팽이의냄새를 맡지못하느냐?

— 3 —

그肥滿하고　魯鈍한　午後의　禮儀대신에　놀라운　午前의　生理에대하야　警嘆
한일은없느냐?　그건장한　아츰의　體格을　부러워해본일은　없느냐?

까닭모르는우룸소리　過去에의　구원할수없는　愛着과停頓。　그것들　음침한
밤의　迷惑과　眩暈에　너는　아직도　疲勞하지않었느냐?

그러면　너는나와함께　魚族과같이　新鮮하고　旗빨과같이　活潑하고　표범
과같이　大膽하고　바다와같이　明朗하고　仙人掌과같이　健康한　太陽의風俗
을배호자。

나도　이책에서　완친히버리지못하였다만은　너는　커韻文이라고하는禮服을
너무나　낡었다고　생각해본일은　없느냐?　아모래도　그것은벌서　우리들의

— 4 —

衣裳이아닌것같다。

나는 물론 네가 이冊을 사랑하기를 바란다。그러나 영구히 너의사랑
을 받기를 두려워한다。혹은 네가 이책만 두고두고 사랑하는사히에 너
의精神이 한곳에멈춰설가보아 두려워하는까닭이다。

네가 아다시피 이책은 昭和五年가을로부터 昭和九年 가을까지의 동안
나의총망한 宿泊簿에 불과하다。그러니까 來日은 이주막에서 나를 찾지
마러라 나는벌서 거기를 떠나고없을것이다。

어대로가느냐고? 그것은내발길도 모르는 일이다。다만 어대로든지 가
고있을것만은 사실일게다。

昭和九年 一〇、一五   著   者

內 容

咸鏡線五百킬로旅行風景

金起林著

詩集 太陽의風俗

마

음

의

衣

裳

太陽의 風俗

太陽아
다만한번이라도좋다. 너를부르기 위하야 나는두루미의 목통을
비러오마。 나의마음의문허진터를 닦고 나는 그우에 너를위한
작은 宮殿을 세우련다。 그러면 너는 그속에와서 살어라。 나는
너를 나의어머니 나의故鄕 나의사랑 나의希望이라고 부르마。
그러고 너의사나운 風俗을 쫒아서 이어둠을 깨물어죽이련다。

太陽아
너는 나의가슴속 작은宇宙의 湖水와 山과 푸른잔디밭과 힌
防川에서 不潔한 간밤의서리를 핥어버려라。 나의시내물을 쓰
다듬어주며 나의바다의搖籃을 흔들어주어라。 너는 나의病室을

— 19 —

魚族들의 아침을 다리고 유쾌한손님처럼 찾어오너라,

太陽보다도 이쁘지못한詩, 太陽일수가없는 설어운나의詩를 어
두운病室에 켜놓고 太陽아 비가오기를 나는 이밤을새여가며
기다린다,

汽　車

「레일」을 쫓아가는 汽車는 風景에대하야도 파랑빛의「로맨티시즘」

에 대하야도 지극히 冷淡하도록 가르쳤나보다 그의 끝없는 旅

愁를 감추기위하야 그는 그붉은 情熱의가마우에 검은鋼鐵의조

끼를입는다.

내가 食堂의 「메뉴」뒷등에

(나로하여곰 저바다까에서 죽음과 納稅와 招待狀과 그수없는

結婚式請牒과 訃告들을잊어버리고

저 섬들과 바위의틈에 섞여서 물결의 사랑을 받게하여주옵

소서)

하고 詩를쓰면 機關車란놈은 그 鈍탁한 검은 갑옷밑에서 커

―다란웃음소리로써 그것을지여버린다.

나는 그만 화가나서 나도 그놈처럼 검은 조끼를 입을가보

다하고 생각해본다.

午後의꿈은 날줄을모른다

날아갈줄을 모르는 나의날개.

나의꿈은

午後의 疲困한그늘에서 고양이처럼 조려웁다.

도무지 아름답지못한午後는 구겨서 휴지통에나 접어넣을가?

그래도 地文學의先生님은 오늘도 地球는 圓滿하다고 가르첬

다나。「갈릴레오」의 거짓말쟁이。

흥 創造者를 絞首臺에보내라。

— 23 —

하누님 단한번이라도 내게 성한날개를다고。 나는 火星에 걸

터앉어서 나의살림의깨여진地上을 껄 껄 껄 웃어주고싶다。

하누님은 원 그런재주를 부릴수있을가?

戀愛의斷面

愛人이여
당신이 나를 가지고있다고 安心할때 나는 당신의밖에 있습니다。

萬若에 당신의속에 내가있다고하면 나는 한덩어리 木炭에 不過할것입니다。

당신이 나를 놓아보내는때 당신은 가장많이 나를 붙잡고있습니다。

愛人이여
나는 어린제비인데 당신의意志는 끝이없는 밤입니다。

貨物自動車

作은 등불을달고 굴려가는 自轉車의 작은등불을믿는 忠實한

幸福을 배우고싶다。

萬若에 내가 길거리에 쓸어진 깨여진自轉車라면 나는 나의

「노―트」에서 將來라는 「페이지」를 벌서 지여버렸을텐데……

대체 子正이넘었는데 이 미운詩를 쓰노라고 벼개로 가슴을

고인 動物은 하누님의 눈동자에는 어떻게 가엾은모양으로비

칠가? 貨物自動車보다도 이쁘지못한四足獸。

차라리 貨物自動車라면 꿈들의破片을 걷어싣고 저먼―港口로

밤을피하야 가기나할터인데…….

海　上

ＳＯＳ

午後여섯시三十分。

突然

어둠의바다의暗礁에걸려
地球는破船했다。

「살려라」

나는 그만 그를 건지려는 誘惑을 斷念한다.

大中華民國行進曲

大中華民國의 將軍들은
七十五種의 勳章과 靑龍刀를
같은 풀무에서 빚고 있습니다。

『에 軍士들은 무덤의 方向을 물어서는못써。 다만죽기만해。 그때
까지는 鴉片이 여기있어。 大將의 命令이야……
엇둘……둘……둘』

『大中華民國의 兵卒貴下
부디 이 빛나는勳章을 貴下의 骸骨의 肋骨에거시고
쉽사리 天國의 門을 通하옵소서。 아ー멘』

엿 엿
둘 둘

海圖에 대하야

山봉오리들의 나즉한 틈과틈을새여 藍빛잔으로 흘러들어오는

어둠의 潮水。 사람들은 마치 지난밤끝나지아니한 約束의계속인

것처럼 그 漆黑의술잔을 드리켠다。그러면 해는 할일없이 그

의 希望을 던저버리고 그만 山모록으로 돌아선다。

고양이는 山기슭에서 어둠을입고 쪼그리고앉어서 密會를기다

리나보다。 우리들이 버리고온 幸福처럼……。 夕刊新聞의 大英

帝國의 地圖우를 도마배암이처럼 기여가는 별들의 그림자의발

자국들ㅡ미스터·빨드윈ㄴ의 演說은 암만해도 빛나지않는 全혀

가엾은 黃昏이다。

집 이층집 江 웃는얼굴 交通巡査의모자 그대와의 約束……무
엇이고 差別할줄모르는 無知한 검은液體의 汎濫속에 녹여버리
려는 이 目的이없는 實驗室속에서 나의작은 探險船인 地球가 갑
자기 그 航海를잊어버린다면 나는대체 어느구석에서 나의海圖
를편단말이냐?

비

굳은 어둠의장벽을 시름없이 「녹크」하는 비들의 가벼운손과

손과 손과 손……

그는「아스팔트」의 가슴속에 五色의感情을 기르며온다

대낮에 우리는 「아스팔트」에게 향하야

『엑 둔한자식 너도또한 바위의종류고나』하고 비웃었다。

그렇지만 지금 우둑허니 하눌을쳐다보는

눈물에어린 그자식의 얼굴을보렴。

루비 에메랄드 싸파이어 琥珀 翡翠 夜光珠……

「아스팔트」의 湖水面에 녹아나리는 비온싸인의音樂。

— 34 —

고양이의 눈을가진 電車들은 (大西洋을 건너는 타이타닉號처럼)

구원할수없는希望을 파묻기위하야 검은追憶의바다를 건너간다.

그들의 救助船인듯이

종이 兩傘에 맥없이 매달려

밤에게 이끌려 헤엄처가는 魚族들

女子—

사나히—

아무도 救援을 찾지않는다.

밤은 深海의突端에 坐礁했다.

SOSOS

信號는 海上에서 지랄하나
어느 無電臺도 문을닫었다。

房

땅우에　남은빛의　**最後**의한줄기조차　삼켜버리려는　검은**意志**에

타는　검은**慾望**이여

나의작은**房**은　등불을켜들고　그속에서　술취한**輪船**과같이　흔들

리우고 있다。

유리창넘어서　흘기는　어둠의　**검은**눈짓에조차　소름치는　**怯**많

은**房**아。

문틈을　새여흐르는　거리우의　옅은빛의　물결에　적시우며

흘러가는　발자국들의　**舖石**을따리는　작은**音響**조차도　어둠은　기

르려하지않는다。

아름다운　푸른그림자마저빼앗긴

거리의 詩人「포푸라」의 졸아든 몸둥아리가 거리가 꾸부러진곳
에서 떨고있다.

「아담」과 「이앤」들은

『우리는 도시 어둠을믿지않는다』고 입과입으로 중얼거리며 층
층계를나려간뒤

地下室에서는 떨리는웃음소리 잔과잔이마조치는 참담한소리…

높은 城壁꼭댁이에서는

꿈들을내려보내는것조차 잊어버린별들이 絶望을안고 졸고들있
다. 나는 불시에 나의방의 작은속삭임소리에 놀라서 귀를 송
굿인다.

── 어서 밤이 새는것을 보고싶다 ──

── 어서 새날이 오는것을 보고싶다 ──

── 38 ──

가을의 果樹園

어린 曲藝師인 별들은 끝이없는 暗黑의 그물속으로 수없이 피리를물고 떨어집니다。「포푸라」의 裸體는 푸른저고리를벗기우고 서 방천우에서 느껴웁니다。果樹園속에서는 林檎나무들이 젊은 患者와같이 몸을부르르 떱니다。무덤을찾어댕기는 님 님 님…

西 南 西

바람은 아마 이方向에 있나봅니다。 그는 진둥나무의 검은 머리채를 찢으며 「아킬러쓰」의 다리를가지고 쫓겨가는 별들속을달려갑니다。 바다에서는 구원을찾는 광란한기적소리가 지구의모ー든凸凹面을 굴러갑니다。 SOS•SOS。 검은바다여 너는 당돌한 한방울의 기선마저 녹여버리려는 意志를 버리지못하느냐? 이윽고 아침이되면 農夫들은 수없이떠러진 별들

의 슬픈 屍體를주으려 과일밭으로 나갑니다。 그러고 그 奇蹟

的인 과일들을 수레에실고는 저 오래인 東方의 市場「바그다드」

로끌고갑니다。

屋上庭園

百貨店의　屋上庭園의　우리속의　날개를드리운「카나리아」는「니
히리스트」처럼　눈을감는다. 그는　사람들의　부르짖음과　그러
고 그들의　日氣에대한　株式에대한　西班牙의革命에대한　온갖
지꺼림에서　귀를　틀어막고　잠속으로　피난하는것이좋다고　생
각한다. 그렇지만　그의꿈이　대체　어데가　彷徨하고있는가에
대하야는아무도생각해보려고한일이없다.

기둥시계의　時針은　바로　12를　출발했는데　籠안의　胡닭은　突
然　森林의習慣을　생각해내고　홰를치면서　울어보았다. 노―랗
고 가―는울음이　햇볕이풀어저　빽빽한　空氣의周圍에　길게 그
어졌다. 어둠의밑층에서　바다의저편에서　땅의한끝에서　새벽의
날개의떨림을　누구보다도　먼저느끼던　흰털에감긴　붉은心臟은

인제는「때의傳令」의名譽를 잊어버렸다。사람들은「무슈·루쪼ー」

의 遺言은 설합속에 꾸겨서넣어두고 屋上의噴水에 메말러버

린心臟을 축이려온다。

建物會社는 병아리와같이 敏捷하고「튜ー립」과같이 新鮮한 공

기를 방어하기위하야 大都市의골목골목에 75쎈티의 벽돌을쌓

는다。놀라운 戰爭의때다、사람의 先祖는 맨첨에 별들과구름

을거절하였고 다음에大地를 그러고 최후로 그자손들은 공기

에향하야 宣戰한다。

거리에서는 떠끌이 소리친다。『都市計劃局長閣下 무슨까닭에

당신은 우리들을「콩크리ー트」와 舖石의 네모진獄舍속에서 질

식시키고 푸르는「네온싸인」으로 漂泊하려합니까? 이렇게 好奇的

인洗濯의實驗에는 아주 진저리가났습니다。당신은 무슨까닭에

우리들의飛躍과 成長과 戀愛를 질투하십니까?』그러나府의 撒

水車는 때없이 太陽에게 선동되어 「아스팔트」우에서 叛亂하는 떠끌의 밀물을 잠재우기위하야 오늘도 쉬일새없이 네거리를 기여댕긴다。사람들은 이윽고 溺死한 그들의 魂을 噴水池속에서 전저가지고 분주히 분주히 乘降機를타고 제비와같이 떨어질게다。女案內人은 그의 광을낳는 詩를 암닭처럼 수없이 낳겠지。

『여기는 地下室이올시다』
『여기는 地下室이올시다』

話

術

午後의 禮儀

鄕 愁

나의 故鄕은

저 山넘어 또 저 구름밖

아라사의 소문이 자조들리는곳.

나는 문득

街路樹 스치는 저녁바람 소리속에서

여엄ㅡ염 송아지부르는 소리를듣고 멈춰선다。

첫 사 랑

네모진 冊床。

힌壁우에 삐뚜러진 「쎄잔느」한幅。

낡은「페ー지」를 뒤적이는 힌손가락에 부대처갑자기 숨을쉬는

시드른 海棠花。

蒸發한 香氣의湖水。

(바다까에서)

붉은웃음은 두사람의작난을 바라보았다。

힌希望의 힌化石 힌憧憬의 힌骸骨 힌苦待의 힌「미이라」

쓴 바다바람에 빨리우는 山上의 燈臺를 비웃던 두눈과두눈은

둥근바다를 미끄러저가는 汽船들의出航을 전송했다.

오늘
어두운 나의마음의바다에

흰 燈臺를 남기고간

──불을켠손아
──불을끈입김아

갑자기 窓살을 흔드는 버리떼의汽笛.

배를태여 바다로 흘려보낸 꿈이 또돌아오나보다.

나는 그를 맞이할 준비를해야지.

속삭임이 발려있는 時計딱지

多辯에지치인　萬年筆

때문은　地圖들을

나는　나의記憶의　힉ㅔ베불크로므ㄴ우에　펴놓는다°

흥

인제는　도망해야지。

란아——

내가　돌아올때까지

房을　좀　치어놓아라。

람 푸

밤과함께 나의침실의 천정으로부터

쇠줄을 붙잡고 나려오는 람푸여

꿈이우리를 마중올때까지

우리는 서로 말을 피해가며 이 孤獨의잔을 마시고 또 마시

장.

꿈꾸는 眞珠여 바다로가자

「마네킹」의목에 걸려서까물치는

眞珠목도리의 새파란눈동자는

南洋의물결에 저저있고나。

바다의안개에 흐려있는 파―란鄕愁를 감추기위하야 너는

일부러벙어리를 꾸미는줄 나는안다냐。

너의말없는 눈동자속에서는

熱帶의 太陽아래 과일은붉을게다。

키다리 椰子樹는

하눌의구름을 붙잡을려고

네활개를 저으며 춤을추겠지。

바다에는 달이빠저 피를흘려서
미처서 날뛰며 몸부림치는 물결우에
오늘도 네가듣고싶어하는 獨木舟의 노젓는소리는
삐ㅡ걱 삐ㅡ걱
유랑할게다.

永遠의 成長을 숨쉬는 海草의 자지빛山林속에서
너에게 키쓰하던 鰱魚의 딸들이 그립다지.

嘆息하는 벙어리의눈동자여
너와나 바다로 아니가려니?
녹쓰른 두마음을 잠그려가자
土人의 女子의 진흙빛 손가락에서

모래와함께 새여버린

너의幸福의 조약돌들을 집으려가자、

바다의 人魚와같이 나는

푸른하눌이 마시고싶다。

「페이쁘멘트」를따리는 수없는구두소리。

眞珠와 나의귀는 우리들의꿈의 陸地에부내치는

물결의 속삭임에 기우려진다。

오ㅣ어린바다여、 나는네게로 날어가는 날개를 기르고있다、

感傷風景

순아 이 들이 너를 기쁘게하지못한다는말을 참아 이 들의
귀에 들려주지말어라° 네눈을 즐겁게못하는 슬픈벗「포풀라」의
호릿한몸짓은 오늘도 防川에서 떨고있다° 가느다란歎息처럼…

아침의 靜寂을 싸고있는 무거운안개속에서
그날
너의노래는 시내물을 비웃으며 조롱하였다°
소들이 마을쪽으로 머리를돌리고
음메ㅡ 음메ㅡ 우든저녁에
너는 나물캐든 바구니를 옆에끼고서
푸른보리밭사이 오슬길을 배아미처럼 걸어오더라°

汽車소리가 죽어버린뒤의 검은들우에서

오늘

나는 삐죽한 광이 끝으로 두터운안개빨을 함부로 찢어준다.

이윽고 힌배암이처럼 寂寞하게 나는돌아갈게다.

離別

때늦은 「튜ー립」의 花盆이
시드른 窓머리에서
女子의얼굴이 돌아서 느껴운다。

나의마음의 설음우에 쌓이는 물방울。
나의마음의 쟁반을 넘쳐흐르는 물방울。

이윽고 내가 巴里에 도착하면
네 눈물이남긴 그따뜻한班點은
나의外套짜락에서 응당말러버릴께지?

가거라 새로운 生活로

「바빌론」으로
「바빌론」으로

적은 **女子**의 마음이 움직인다。

개나리의 얼굴이
여린볕을 향할때……。

「바빌론」으로 간 「미미」에게서
복숭아꽃봉투가 날러왔다。
그날부터 안해의마음은 시들어저
썼다가 찢어버린 편지만쌓여간다。

안해여、 작은마음이여

— 58 —

너의날어가는 **自由**의날개를 나는막지않는다.

호을로 쌓아놓은 좁은 **城壁**의문을닫고 돌아서는

나의외로움은 돌아봄없이 너는가거라,

새벽을 기다리는 작은**不安**을 나는본다.

동트지도않은 **來日**의 **窓**머리에매달리는 너의얼굴우에

너의작은마음이 병들어있음을……。

안해여 나는안다。

가거라 새로운**生活**로 가거라。

너는 **來日**을 가저라。

밝어가는 새벽을 가저라。

먼 들 에 서 는

배 아미처럼 굼틀거리는 水平線 그 넘어서는
季節이 봄을 준비하고 있다고
바람이 물결을 타고 지나가면서
항용 중얼거리는 그 들에서는……

山脈의 파랑치마짜락에
알룽 달룽한 五色의 「레—쓰」를 수놓는 꽃씨이이에서
순이와나도 붉게피는 꽃떨기 한쌍이였다。

山빨을 넘어오는 季節의 발밑에 깔리는것을
두리지않는 당돌한 두얼굴은

처음으로 금빛웃음을 배웠다。 그 들에서……。

유리의 **斷面**을 녹아나리는

해별의 이슬을 담북둘러쓰고서……。

憂鬱한 天使

푸른 하늘에 向하야
날지않는 나의비닭이. 나의절름바리.

아침해가
金빛기름을 부어놓는
象牙의海岸에서
비닭이의 傷한날개를싸매는
나는 오늘도
憂鬱한 어린 天使다、

봄은 電報도안치고

아득한 黃昏의 찬안개를마시며

긴—말없는 山허리를 기여오는

車소리

우루루루

오늘도 鐵橋는운다° 무엇을 우누°

글세 봄은 언제온다는 電報도없이

구려

어머니와같은 부드러운 목소리로

꼴짝에서코고는 시내물들을 불러일으키면서

해는 지금 붉은얼굴을 빙글거리며……°

살아지는　엷은눈우에　이별의　키쓰를　뿌티노라고
바쁘게돌아댕기오。

「포풀라」들은　파ー란　연기를　뿜으면서
빨래와같은　하ー얀　午後의방천에　느러서서
실업쟁이처럼　담배를　피우오。

봄아
너는　언제　江가에서라도　만나서
나에게　이렇다는　約束을　한일도없건만
어쩐지　무엇을──　굉장히　훌륭한　무엇을　가저다줄것만같애서

나는　오늘도　광이를　멘채　돌아서서

아득한 황혼의 찬 안개를 마시며

긴─ 말이 없는 山기슭을 기여오는 汽車를 바라본다.

祈　願

나의 노래는　기름과같은　東海의푸른물결이고싶다。

나의 노래로하여곰　당신의　상처에　엉크린피를씻기를　허락하옵소서、님이여。

나의 노래는　다람쥐같은　민첩한손의임자인　젊은看護婦고싶다。

나로하여곰　낮과밤으로　그대의　병상머리를　지키는　즐거운義務에　억매여두옵소서、님이여。

나의 노래는　늙은뱃사공──나루를　지키는　오래인　히망이고싶다。

바다가　怒해서　끓는날도　바람이　미처서　날뛰는날도

나의 노래는 바다를건너는 그대의 뱃머리를 밝히는

꺼질줄모르는 등불이고싶다。 님이여

『커피』盞을들고

오ー나의　戀人이여
너는　한개의　「슈ー크림」이다.
너는　한잔의　「커피」다.

너는어쩌면　地球에서　아지못하는　나라로
나를　끌고가는　무지개와같은　김의날개를　가지고있느냐？

나의어깨에서　하로동안의　모ー든　시끄러운　義務를
나려주는　짐푸는　人夫의일을
너는「칼리또ー니아」의　어느　埠頭에서　배웠느냐？

2、길 에 서

(濟 物 浦 風 景)

汽 車

모닥불의 붉음을

죽음보다도 더사랑하는 금벌레처럼

汽車는

노을이타는 서쪽하눌밑으로 빨려갑니다。

仁 川 驛

「메이드·인·아메ー리카」의

성냥개비나

사공의「포케트」에 있는까닭에

바다의 비린내를 다 물었습니다.

潮 水

오후두時……
머언바다의 잔디밭에서
바람은 갑자기 잠을깨여서는
쉬파람을 불며 불며
검은潮水의 떼를 몰아가지고
港口로 돌아옵니다.

孤　獨

푸른　모래밭에　자빠저서

나는　물개와같이　**完全**히외롭다。

이마를　어르만지는　찬달빛의**恩惠**조차

오히려　화가난다。

異 邦 人

낯익은 강아지처럼

발등을핧는 바다바람의 혀빠닥이

말할수없이 사롭건만

나는 이港口에 한벗도 한親戚도 불룩한지갑도 戶籍도없는

거북이와같이 징글한 한異邦人이다。

밤 港口

부끄럼많은 寶石장사아가씨

어둠속에 숨어서야

루비 싸빠이어 에메랄드……

그의 寶石바구니를 살그머니뒤집니다.

破 船

달이있고　港口에　불빛이멀고

築臺허리에　물결소리　점잖건만

나는도무지　詩人의흉내를　낼수도없고

「빠이론」과같이　짖을수도없고

갈메기와같이　슬퍼질수는　더욱없어

傷한바위틈에　破船과같이　慘憺하다

차라리　露店에서　林檎을사서

와락와락　껍질을　벗긴다.

待 合 室

仁川驛待合室의 조려운 「뺀취」에서
막차를 기다리는 손님은저마다
해오라비와같이 깨끗하오.

거리에 돌아가서 또다시 人間의때가묻을때까지
너는 물고기처럼 純潔하게 이밤을자거라.

咸鏡線五百킬로旅行風景

序　詩

世界는
나의 學校。
旅行이라는　課程에서
나는　수없는　신기로운일을배우는
유쾌한　小學生이다。

待 合 室

待合室은 언제든지 「튜ー립」처럼 밝고나。

누구나 거기서는 旗빨처럼

出發의히망을 가지고있다。

貪 堂

흰데ー불 보작이。

健康치못한 花盆곁에 나란히선

주둥아리빼여든 「알미늄」주전자는

고개를 꺼덕꺼덕흔들적마다

廢馬와같이 월각절각 소리를낸다。

나는 鐵道의 「마ー크」를부친 茶盞의두터운입술기에서

咸鏡線五百킬로의 살진風景을마신다。

마 을

수수밭속에 머리숙으린
겸손한오막사리 재빛집웅우를
푸른박덩쿨이 기여올라갔고
엉크린박덩쿨을 나리밟고서
허ㅡ연박꽃들이 거만하게
아침을웃는마을.

風 俗

海邊에서는 女子들은 될수있는대로
故鄕의냄새를 잊어버리려한다。
먼ㅡ 外國에서온것처럼 모다
동딴몸짓을 꾸며보인다。

咸 興 平 野

밤마다
서울서 듣던 汽笛소리는
獅子의 울음소리 같드니

아득한 들이　푸른 깃을
힌구름의　품속에　감추는곳에서는

汽車는
기러기와같이　조고마한
나그내고나。

牧　場

뿔이 한치만한 山羊의새끼

흰수염은 붙였으나

아기네처럼 부끄러워서

옴쑥한 풀포기밑에 달려가숨습니다.

東　海

울룩　불룩　기운찬　검은山脈이　팔을버려
한아름　둥근　바다를　안어드린곳。
섬들은　햇볕에　검은등을　쪼이고있고
고깃배들은　돛을걸우고
푸른寢床에서　　航海를　잊어버리고조을고있구료。

부디　달리는汽車여　숨소리를　죽이렴으나,
조으는　바위를　건드리는　수접은힌물결이
놀라서　다라나면　어떻거니?
먹을따는아가씨　제발　이맑은물에　손을적시지말어요。

행여나 어린소라들이 코를찡기고
모래를파고 숨어버릴가보오。

오늘밤은 車에서나려 저숲에숨어서
별들이나려와서 목욕하는것을
가만히 도적해볼가。

東 海 水

순이……

우리들의 힌손수건을

저푸른물에 새파랗게 물드립시다。

돌아가서 설합에 접어두고서

純潔이라 부릅시다。

벼 룩 이

너는 진정 호랑이의 가죽을쎘고나。

나의 寢床을 獅子와같이 넘노는너의다리는

曠野의 威風을 닮었고나、

어둠속에서짓는 사람의죄우에 너털웃음을웃는너。

너는 사람의 고집은 心臟에서

더러운피를 주저없이 빨어먹으렴으나。

바 위

陸地로　향하야　업드려저서

물결의　흰채쪽에

말없이　등을얻어맞는

늙은바위。

물

물은 될수있는대로
힌돌이 퍼저있는곳을 가려서 걸어댕깁니다。
조이밭속에서 그소리를엿듣는
괄이 부러진 허수아비는
여기서는 오직한사람의 **詩人**이외다。

따 리 아

眞紅빛 꽃을심거서
南으로타는 鄕愁를 걸으는
國境가까운 停車場들。

山　村

모ㅡ든것이　마을을　사랑한답네。

참아　嶺을　넘지못하고

山허리에서　멍서리는

흰

아침연기。

3、午前의 生理

旗 발

파랑帽子를 기우려쓴 佛蘭西領事舘꼭댁이에서는
三角形의 旗발이 붉은金붕어처럼 꼬리를띤다。

地中海에서 印度洋에서 太平洋에서
모ー든바다에서 陸地에서
펄 펄
기발은 바로 航海의 一秒前을보인다。

旗발속에서는
來日의얼굴이웃는다。

來日의 웃음속에서는
海草의 옷을입은 나의「希望」이 잔다.

噴 水

太陽의무수한손들이

漆黑의 비로ー도 휘장을 분주하게 걷워간뒤 창머리에는

햇볕의 噴水에 목욕하는

(어린마돈나) 水仙花의 裸體像하나,

순아。

지난밤 나는 어둠속에서 남몰래

休紙와같이 꾸겨진 나의 一年을 살그머니 펴보았다,

나의가슴의 무덤속에서자는

죽지가 부러진 希望의 屍體의 찬등을 어루만지며

일어나보라고　속삭여보았다.

나의꿈은　한　끝이없는　草綠빛잔디밭
지난밤　그우에서　나의食慾은　太陽에로　끌었단다.

그러나　지금은아침,
순아　어서　나의病室의문을　열어다고.
푸른天幕　꼭댁이에서는
흰구름이　매아지처럼달치안니?

우리는　뜰에　나려가서　거기서　우리의病든날개를　햇볕의　噴
水에　씻자.
그리고　표범과같이　독수리와같이　몸을송기고
우리의　발굼치에　쭈그린　미운季節을　바람처럼　꾸짓자.

— 95 —

바다의 아츰

작은 魚族의무리들은 日曜日아침의 處女들처럼 피리를 내저
으면서 돌아댕깁니다.

어린물결들이 조악돌사이를 기여댕기는 발자취소리도 어느새
소란해졌습니다.

그러면 그의배는 이윽고 햇볕을 둘러쓰고 물새와같이 두놀
을 펴고서 바다의 비단폭을 쪼개며 돌아오겠지요.

오ー 먼섬의저편으로부터 기여오는안개여
너의 羊털의 「납킨」을가지고 바다의거울판을 닦어놓아서
그의놀대를 저해하는 작은파도들을 잠재워다고.

제비의 家族

샛하얀 쪼끼를입은 空中의曲藝師인 제비의 家族들은 어느새

그들의 긴旅行에서 돌아왔고나.

길가의 電線줄에서 부리는 너의재조를 우리들은 꼭좋아한다나.

그러고 너는 赤道에서 들은 수없는이야기를 가지고왔니.

거기서는 끓는물결이 太陽에로향하야 가슴을헤치고 미처서舞

논다고하였지?

그늘이 깊은곳에 無花果열매가 익어서 아가씨의 젓가슴보다

도더붉다고하였지?

우리들은 첨하끝에 모아서련다.

그러면 너는너의演壇에 올라서서 긴이야기를 재잴거려라.

밤이 되어도 너의 이야기가 끝이 없으면 銀河水 아래 우리들은 모닥불을 피우련다.

나의 掃除夫

오늘밤도   초생달은
珊瑚로판   나막신을   끌고서
구름의   층층게를   밟고나려웁니다.

어서와요   정다운掃除夫。
그래서   왼종일   깔앉은   떠끌을
내가슴의 河床에서   말쑥하게   쓸어줘요。
그러고는   당신과나   손을잡고서
물결의 노래를   들으려   바다까로   나려가요、
바다는   우리들의   유랑한   손風琴。

들은 우리를붙으오

輕薄한 참새들은 푸른「포풀라」의집웅밑에서 눈을떠서 분주히
노래하오

바다의 붉은가슴이 타는해를 투겨올리오

별들은 구름을타고 날어가오.

아침의傳令인 江바람이 숲속의 어린새들의 꿈을 흔들어깨우
치오。

나는 나의팔에 껴안긴「밤」의 피흐르는 찢어진屍體를 방바닥
에 던지고

無限한野心과같은 우리들의대낮으로향하야 뛰여나가오。

(나는 안해의 방문을 두다리오)

여보 어서일어나요

우리는 家畜을몰고 숲으로가지않겠소?

우리들의 즐거운벗ー太陽은 江가에서 오직이나 섭섭해서 기

다리고 있겠소?

(나의팔은 담넘어 언덕넘어 江을가르쳤소)

이윽고 새들은 높은하늘의 中間에떠서 音樂會를 열것이오。

늙은바람은 언덕우의 송아지의 털을 쓰다듬으면서 송아지의

슬픈노래를 사랑하겠지요。

작은꽃들은 太陽을향하야 「키쓰」를 조르겠지요──

（나는하눌을 처다보며 두팔을 버렸소）

그러고 여보

우리들은 그 넓은 하눌과 땅사이에서 얼마나 작은꽃이겠소?

얼마나 갸륵한 새들이겠소?

새날이 밝는다

굳게잠근 어둠의문 저쪽에서 꿀작들은 새벽을 陰謀합니다。

비로-도의 금잔디우에서는 침묵이잡니다。

밤하늘을 아름답게꾸미던 무수한별들은

지금 눈물에젖어 하나씩둘씩

江물속에 빠저서는 구을러갑니다。

어서 일어나요……

푸른안개의 휘장속에서는

「마르쓰」의 늙은이가 분주하게 地球의 搖籃을 흔들어 깨웁니다。

거리거리의　들창들이

수박빛하눌로향하야　입을버립니다。

집들은　새벽을　함뿍　드리켭니다。

어느새　검은車庫의　쇠문을　박차고

병아리와같은　電車들이　뛰여나옵니다。

옷자락에서　부스러뗘려지는　간밤의　꿈쪼각들은　돌보지도않으

면서　그는

고함을치면서　거리거리를　미끄러저가는

亂暴한 「스케ー트」選手올시다。

오ー全朝鮮의　市民諸君

고무공과 같이 부프러 오른 **彈力性**의 **大地**의 가슴으로 뛰여 나오

렴。

우리들의 **競走**를 위하야 이렇게도 훌륭하고 큰 아침이 **準備**되

었다。

五月의바다와같이　빛나는窓이
아침해에게　웃음을보내며
無限히　깊은會話를　두사람은　바꾸고있다。
하늘은　얼굴에서　어둠을씻고
地中海를　굽어본다。푸른　밑없는거울……。

窓을열렴으나　누나
푸른하늘、써늘한大氣

어린새들은　너희의三月을　잊어버렸니?
너희들의　훌륭한「파라슈ー트」沐浴한　날개를타고

날래게 푸른하늘로 떠러지렴으냐.

그래서 世界에 아침을일러주어라.

빛인……

푸름인……

生成인……

太平洋橫斷의汽船「엠프레쓰•어쁘•에이샤」號가

금방 커다란希望과같은 旗빨을 흔들며 埠頭를떠났다.

바로 午前八時三十分……。

아츰 飛行機

파랑날개를 팔락이는 어린 飛行機는

日曜日날아츰의 유쾌한 樂士올시다.

새벽이 새여간뒤의 아츰하눌은 「풀라티나」의줄을느린「하ー프」

그줄을 따리면서 훌륭한 音樂을타는 「푸로펠라」는 「싸포ー」

의손보다도 더이쁜

五月의바람보다도 더가벼운

새벽하눌을 수놓는눈송이보다도 더힌손의임자.

나의가슴의 鈍한 城壁에 물결처넘지는 音樂의湖水.

구름밖으로 나를실고가는 힌날개를가진 너의音樂이여.

月
火　水　木　金　土

하낫　둘
　하낫　둘
일요일로　나가는　『엇둘』소리……

자연의　虐待에서

너를 놓아라

역사의 餘白……

영혼의 위생「데이」……

일요일의 들로

바다로……

우리들의

유쾌한

하눌과하로

일요일

일요일

速度의 詩

『스케이팅』

一月의　大氣는

透明한「푸리즘」

나의가슴을　막는

햇볕은　七色의「테ー프」

玻璃의바다는

푸른옷입은　季節의化石이다。

감을줄모르는

眞珠의눈들이　쳐다보는

魚族들의　　圓天劇場에서

내가

한개의 幻想「아웃키ー야」를 그리면

구름속에서는　　天使들의 拍手소리가　　불시에인다。

漢江은　全然　손을　댄일이없는

生生한　한幅의 原稿紙。

나는　나의 觀象ー구름들을위하야

그우에　나의 詩를쓴다。

히롱하는　交錯線의　모ー든 角度와 曲線에서　피여나는 藝術

記號우를　規則에억매여걸어가는

時計의　忠實을　나는모른다。

放蕩한運命이다。　나는……

時間의軌道우를　미끄러저달리는　차라리

나의발바닥밑의

太陽의느림을　비웃는　두칼날……

나는얼음판우에서

全혀奔放한　한速度의　騎士다。

旅 行

七月은
冒險을즐기는 아이들로부터
故鄕을 빼앗었었다.

世界는 우리들의 「올림피아ー드」
우리는世界의市民

시커언 鐵橋의 엉크린 嫉妬을 비웃으며 달리는 障害物競走
選手들
汽車가달린다. 國際列車가 달린다. 展望車가달린다……

海洋橫斷의　定期船들은　港口마다

푸른 旗빨을　물고「마라톤」을떠난다……

럭키。히말라야。알프스。

山脈을　날어넘은　旅客機들은　어린傳書鳩

馬來群島는

土人들의　競走用獨木舟다。（캐누ー）

汽笛을　피해가는「캉가루」는

새끼를　호주머니에　감추고

「오ー스튜레일리아」의　수접은家族主義者。

흥　너희들은　羊毛를끌어서

英國製食器의이름을　부르기위하야

비싼英語를　삿고나。

女子의웃음소리와　주머니의돈소리가　귀를부신다。

자ー아메리카도　시끄럽다

어느새　沙漠과要塞들사이에　찌피는

여즈러진　푸른眞珠ーー　可憐한地中海다。

런돈。　뉴욕。　파리。　푸라ー그。　뿌다페스트。

東方의거리　콘스탄티노ー풀

回敎徒

亞米利加領事舘

聖페이트로의　뾰죽집은　구름을찌른다。

（마리아는　높은데게시단다。아ー멘）

사랑은　바다까에……

자ー점은　호텔에……

季節의愛撫에　살진섬들은

푸른바다에서　머리감는　仙女들。

요ー트의　돛은　英蘭銀行의支配人의배다。

麥稿帽子를　붙잡는손。차던지는저고리。

에이　시온은　멀지않다。

예루살렘은 讚美를타는 커―다란손風琴,

시온으로가자。

그리고 시온을떠나자

우리에게는 永久한시온은없다。

씨
네
마
風
景

호   텔

土曜日의　午後면은……

사람들은
수없는나라의　이야기들을　담뿍구겨넣은　「가방」을　드리우고　달
려듭니다.

太陽을　투겨울리는　印度洋의　고래의등이며

船長을　잡아먹은　食人種의이야기며

喇嘛敎의　부처님의　찡그린얼굴이며……

三層으로　탈려진

黑檀의　층층계는

두께를 젹겨놓은 「그란드•오르간」

「아쁘리카」의 「헝가리아」의 「스페인」의 노래를 타며올라가는

「니그로」의발굼치 「무슈」의 발굼치 「칼멘」의 발굼치……

單語의 거품을 비앗으며

照明의 노을속을 헤염쳐가는

女子의치마 짜락에서는

바다의 냄새가 납니다。

食堂……

「샨테리아」의 噴水밑에

사람들은 제각기

수없는 나라의 記憶으로 젼

鄕愁의　비단폭을　펴놓습니다。

「테불」우에　늘어놓는
國語와　國語와　國語의
展覽會

수염이없는　입들이
「뿌라질」의　「커피」잔에서
푸른水蒸氣에젖은
地中海의　하늘빛을　마십니다。

힌옷을입은　힌「쩨이」는
國籍의　빛갈을　보여서는　아니되는

漂泊된 힉「뽀이」가 아니면아니됩니다.

여기서는 「가방」들이

때때로는 市長보다도 훨신

歡待를받는 風俗이 있습니다.

午後아홉時면……

二層과三層의 덧문들은

밖앗의 물결소리가 시끄럽다는듯이

발깍 발깍 닫겨집니다.

그러면「호텔」은 검은煙氣를 吐하면서

움직이기시작합니다.

밤의 航海의 出發信號……

흰꿈의 비닭이들은 寢室로부터

世界의 모ー든구석으로 向하야 날어갑니다.

배가 아침의 埠頭에 또다시닿기까지……

三月의 씨네마

아 춈 해

별들은 地球우에서 날개를걷우어가지고 날어갑니다。變하기쉬
운戀人들이여。푸른하늘에는 구름의 층층대가 걸려있습니다。

부즈런한事務家인 太陽君은 아침여섯時인데도 벌서 寢床에서
일어나서 별의잠옷을 벗습니다。그러고 총총히 층층대를울려

가는것이 안개가 찢어진틈틈으로 보입니다。

──할로 바다와陸地

그의걸음거리는 傳說속의 임금답지도않게 고무뽈처럼가볍습니
다。

-- 128 --

물레방아깐

물레방아깐 문턱 아래는 어느때의 拂下인지도 모르는 낡은 軍隊의 구두 한켜레、 일찌기 그는 軍馬의 부르 짖음과 生命의 마지막 불꽃과 웨침을 짓밟으며 勇敢한 上等兵「슈밋트・베이커」의 물에 튄발을 보호하는 임무에 있었는데 지금은「카이자ー」와「니코라이」二世의 무덤과 老朽한 凱旋門처럼 버리운 者의 運命과 함께 있습니다。戰爭이 끝나면 그들은 모다 행주처럼 잊어버리웁니다。

分 光 器

太陽의 어린아들인 무수한光線들이 두텁게잠긴 겨으른문창을
분주히따립니다 「빠ㅣ드」大佐의 제어할수없는 정신을가진 冒
險性의작은새들입니다。

개

킹......킹......킹......

안개의 海底에　沈沒한마을에서는　개가即興詩人처럼　혼자서짖습니다.

江

江은 그의모ー든種族과함께 大地의永遠한下水道입니다。아마존
따늅、쎄ー느、라인、漢江、豆滿江 미시시피……최후로 저偉大
한땅을 흐르는 楊子江

그렇지만 市民들은 한번도 水道料를 낸일이라고는 없습니다。

그렇다고 使用을 거절당한일도 없습니다。지금그는 아침의들
을따리며 물레방아를 굴리며 느껴울며 노래하며 깊은안개속
을 굴러떨어집니다。

魚　族

어린 魚族들은　벌거벗은등을　햇볕에쪼이며　헤엄칩니다. 그속에
서　집오리들이　正直한洗禮敎徒처럼　푸른가슴을　헤웁니다. 가
까운마을의안악네들은　나물이나　빨래나　혹은　근심을담은　바
구니를끼고　오슬길을　바쁘게차며　나려옵니다. 사실　그온갖
걱지들을　말없이삼켜버리는　江과같은　점잖은　河馬가어디있겠
습니까?

— 133 —

飛 行 機

금방날개가 겨우돋힌 飛行機의병아리는 裁縫師가 志願인가봅
니다. 그러기에 할닥할닥 숨이차서도 이슬에젖은 葡萄酒의하
눌을 분주히 돌아댕기며 도망하는구름의 치마짜락을주름잡습
니다.

아이 어느새저녀석이 물속에 뛰여들어가서 고기떼를 몰고댕
기네.

北 行 列 車

移民들을 태운 시컴언汽車가 갑자기 뛰여들었음으로 瞑想을
주물르고 있든 鋼鐵의哲學者인 鐵橋가 깜짝놀라서 투덜거립니
다。다음驛에서도 汽車는 그의수수낀 로맨티시즘인 汽笛을불
데지。그렇지만 移民들의얼굴은 車窓에서웃지않습니다。機關車
에게버리운 연기가 산냥개처럼 검은철길을핧으며 기차의뒤를
따라갑니다。

앨

범

五 月

늙은 城壁의 검은빰을 후려갈기는 힌똥.

비닭이는 날어갔다。

푸른 水蒸氣의수풀의 誘惑을
드디여 이기지못하는 작은 機關車。

風　俗

바다에게　쫓겨가는거리。

바람이　빨고간　거츠른　風景속에　느러서는

아무일도　생각지않는　겨으른　흰壁。

神秘로운　寒帶의　戒命을

드디여　깨트리고

窓들은　淫奔한입을　버리고말었다

五月의바다로　향하야……

붉은　머리수건을　둘른

白系露人의　女子의다리가

놀랜 派守兵의 視野를 함부로 가로건넌다。

바다는 끝없는 푸른벌판

멀리 그저 멀리 떠나가려는 煩惱때문에

진정치못하는 汽船들을 붙잡고있는

埠頭의 倫理를 슬퍼하는듯이

우뚝솟은 힌 稅關의 建物이

바다의물결소리에 귀를 기우린다。

굴 뚝

전방진자식이다。

그래도 孤獨을 理解한다나。

푸른하늘에 검은憂鬱을 그리는그자식

구름속에 목을빼들고

나는 본일이없다。

거리를 기여가는 電車개비와 욱으러진집웅들을

그자식의눈이 나려다보는것을……

전방진자식이다。

그자식의가슴은 구름을즐겨마신다나。

食 料 品 店

1、 쵸코레ー트

사랑엔　敗했을망정

銀빛甲冑　떨처입은　쵸코레ー트兵丁閣下。

사랑은　여리다고

아가씨의입에서도　눈처럼녹습니다。

서방님의입에서도　얼음처럼녹습니다。

2、 林　檎

心臟을잃어　버린토끼는

지금은어디가서　마른풀을베고　낮잠을잘가?

3、 **모과** (파인애플)

여보 칼을대지 말어요 부디……

피묻은 **士人**의 노래가 흐를가보오。

4、 밤　(栗)

武裝解除를　당한　中央軍의　行列입니다。

天津으로가는게가?　南京으로　가는게가?

大將의通電을　기다립니다。

파고다公園

쓰레기통의 설비가없는까닭에

마나님들은 때때로 쓰레박기를들고 이곳으로 나옵니다

午後가되면 하누님은

절대로 필요치않은 第六日의 濫造物들을

이 쓰레기통에 모아놓고는

嘆息을되푸리하는 習慣이있습니다。

漢江人道橋

「스로——ㅂ」……

港口의 終點이올시다.

때때로 임자없는모자들이 난간에걸려서는

『人生도 잘있거라』고 바람에 펄럭입니다.

그러므로 기둥밑에는 아가씨들을위하야

커——다란 눈물박기가 놓여있습니다.

海 水 浴 場

캐베지와같이 아침이슬에 젖어쓸어진

삐ㅡ취 파라솔.

함뿍 바다바람을물고 불을타더니……

지느러미와같은 치마짜락이

五色의人魚들은 어린魚族들의 種族。

九月이 거리에서 분주히 그들을 불러간뒤

허ㅡ연 호텔은 줄이끊어진 기타ㅡ。

겨으른흰구름이 빨간집웅우으로 낮잠을 자러온다。

지금 바다는 오래간만에 그의 靜寂을 回復하야

오늘은 갈매기의 날개를 어루만지는 오래인늙은이다.

七月의아가씨섬

아가씨들이 갑자기 魚族의 一家인것을 느끼는 七月。

초록문장의 海底에서 아가씨의꿈은

붉은미역 흰물결의 레ー프에 감기오。

魚族들의 고향에서는 푸른유리창의 斷面을갈르고

뛰여나오는 물결의 흰이빨이 갈매기의 翡翠빛 날개를 깨무오。

떨리는 鐵路는 바다로끌리는 아가씨의 鄕愁의 方向。

驛夫의 가위는 오늘도 「元山」을수없이 잘렀소。

아가씨의 등에서 지느러미가 자라나는 七月。

아가씨들은 갑자기 地圖의 忠實한 讀者가 되오。

섬

흰모래불에 담긴
살진바다의 푸른가슴에
억매인 섬 두어개.

西편으로 기우러저
山脈에의 意志를 드디여버리지못하는
鄕愁의 化石
두어개.

나라가 먼 沙工들이 배를끌고
때때로 쌓인한숨을 버리려옵니다.

十　五　夜

珊瑚빛갑옷을　입은달은

푸른하눌의　얼음판을　지처서

에메랄드의　軍刀를　휘둘르며　바람을몰고간다.

江들은　두터운　유리창을　굳게잠그고

오늘밤은　一切　面會謝絕이다.

詩人과　아가씨의　눈물이　성가신가봐.

새벽을　꾸짖는　死刑囚인　늙은세계는

밤이붓는　침묵의　술잔을　기우리며

찟어진　하누님의　心臟에서새는　히푸른液體를　마시며　비청거린

당

술취한 달빛이

오후열한시의 개천가의 얼음판에 미끄러저자빠진다。

와르르 터지는 바람의 웃음소리。

새　벽

싸악……싸악……싸악

부스러지는　애처로운　눈의　悲鳴을

신바닥아래　눌러죽이며

거리를　쓸고가는　바쁜　발자취소리　소리

窓밑을　굴러가는　수레바퀴의　이빨갈리는소리

소리　소리（그자식은　언제든　군소리뿐이야）

낡은절의　겨으른　북이　갑자기　울어야할　그의　義務를　기억

했나보다.

자ー나는　어서　들창을　열어야지。

아침해를　마시고　싶어서　밤이새도록　말러서란　貪慾한입을…

아 스 팔 트

「아스팔트」우에는

四月의　夕陽이　조렵고

잎사귀를　붙이지　아니한　街路樹밑에서는

午後가　손질한다。

소리없는　고무바퀴를신은　自働車의아기들이

분주히　지나간뒤

너의마음은

憂鬱한　海底

너의가슴은

구름들의 疲困한그림자들이 때때로 쉬여오는 灰色의잔디밭。

바다를꿈꾸는 바람의 嘆息을 들으려나오는 沈默한 行人들을위

하야

작은ㅡ아스팔트ㄴ의거리는

地平線의 숭내를낸다。

海水浴場의 夕陽

海拔一○○○떽ー트의 高臺의 斷面에
疲困한 太陽이 겨으른 自畵像을 그린다.
山허리에 살아지는 애처로운 抛物線의 자최인
해오라비 한마리……
孤寂.

아낌없이 바다까에 비오는 沈默.

힐덕이는 물결의 등을 어루만지는 늙은달은모래불우에서
경박한사람들이 잊어버리고간 발자국들을 집기에 분주하다.

脫衣場의 모래우에 꾸겨저젖어있는
「러브레터ー」한장.

밤은 벌서 호텔의 歡樂에 불을 켰다。

象牙의 海岸

海灣은 水平線의아침에향하야 분주하게 窓을연다.
주름잡히는 銀빛휘장에서 부스러떨어지는 金箔은
바다의 검은장판에 비오는 별들의 失望

어둠이 갑자기 버리고간까닭에 눈을부비는 늙은香水장사인 太
陽은
잠깨지않은 물결의딸들의 머리칼우에 白金빛의 香水를 뿌려
준다.
멀구나무잎사귀들은 총총히떠난 天使들의 잊어버리고간 眞珠
목도리들을 안고있다。

붉은 치마짜락을 나팔거리는 가시나무꽃들은 防水布처럼 추근

한 海岸에 향하야 누른 香내를 키질한다.

푸른 空氣의 堆積속에 가로서서 팔락거리는 女子의 바둑판「케

ㅡ프」는

大西洋을 건너는 無敵艦隊의 돛발처럼 無敵하다.

「에메랄드」의 情熱을 녹이는 象牙의 海岸은 解放된 魚族 解放된

제비들 解放된마음들을기르는 瑠璃의 牧場이다.

法典을 無視하는 大膽한 血管들이 푸른하늘의「칸바쓰」에 그

들의 宣言ㅡ분홍빛꿈을 그린다.

하나ㅡ둘ㅡ셋

充血된 白魚의무리들은 어린 曲藝師처럼바다의 彈力性의허리에

몸을 말긴다。

象牙의 海岸을 씻는 透明한 七月의 거친 살갈。

바람은 新鮮한 海草의 입김으로 짠 舞衣를 입고

부푸러 오른 바다의 가슴을 차며 달린다。

航 海

八月의 햇볕은　白金의 비누방울.
水平에 넘쳐　흐늑이는　黃海의 등덜미에서　그것을 투겨올리는 푸른 비눌쪼각,　힌비눌쪼각。

젓빛 구름의 「스카ー트」가　淫奔한　바다의 허리를　둘렀다。

傲慢한 海洋의　가슴을　갈르는　뱃머리는
바다를　嫉妬하는　나의 칼날이다。

제켜지는　물결의 힌살뎡이。쏟아지는　힌피의　奔流。

내눈초리보다도　놉지못한돛
그돛보다도　더　놉지못한 水平線

검은섬이 달려온다。누른섬이 달려간다。

함뿍 바람을드리켠 붉은돛이 미끄러진다。

나의가슴에 감겼다 풀리는 바람의「테ー프」。

熱帶의심술쟁이 颱風은 赤道에서 코고나보다。

低氣壓은 벌서 北漢山의 저편에 ー

「마스트」에 춤추는 빨간旗빨은 一直線

우리들의 航海의方向。

港口도벌서 부푸러오르는潮水의 저편에꺼저버렸다。

바람은 羅紗와같이 빛나고

햇볕은 부스러떨어지는 雲母가루。

키를　돌리지말어라。

海圖는　옹색한　休暇證明書。

뱃머리는　언제든지　西南의 中間에　들어라。

가을의 太陽은『풀라티나』의 燕尾服을입고

가을의

太陽은 겨으른 畵家입니다.

거리 거리에 머리숙이고 마주선 벽돌집사이에

蒼白한꿈의그림자를 그리며댕기는……

「쇼ー윈도우」의 마네킹人形은 홋옷을벗기우고서

「셀루로이드」의 눈동자가 이슬과같이 슬픔니다.

失業者의그림자는 公園의蓮못가의 갈대에의지하야

살진 금붕어를 호리고있습니다.

가을의 太陽은 「플라티나」의 燕尾眼을입고서
피빠진하늘의 얼굴을 散步하는
沈默한畵家입니다。

하로일이 끝났을때

수박빛하늘에 매달려 地球는 어둠속으로 꺼져나려가오、 검은
누—런 혹은 회색의 집웅들이 大地의 가슴속으로 파들어갈듯이
山모록에 가엾이 몸을옴크리고 있소。

수양버들은 마을밖 江가에 머리를풀어헤치고 우둑허—니서
서 무엇을기다리누? 안달뱅이 굴뚝들은 汽笛도없이 힌 旗빨
을날리고 있소。 마을은 또다른 하로밤의 航海를 떠나오。

비로—도처럼 눈을부시는 새깜안밤 「푸록코—트」를입은 하누
님의 옷섭에서는 金단추들이 반짝이오。 울란어미인 바람이 또
끝작에서 훌적훌적 우는소리가 들려오오。

그러면 나는 언덕우의내집으로 총총히 돌아가기위하야 호미를둘러메오. **天使**「미카엘」이 두개의통통한 「포케트」를 불룩이 채워가지고오는 커ㅡ다란꿈을 기다리기위하야……

黃昏

검은다리(橋)는 어째서 지금도 물도없는개천에서 찬바람결에
허리를 씻기우면서 빼빼마른다리(脚)를 훨신거두고만 서있을
가요?

「포푸라」들은 지금개천가에서 새하얀허리를 들추어내놓고 벌
벌벌 떨고있습니다. 그의어깨에서 포근한푸른외투를 벗겨간것
은 누구의 잔인한손임니까? 참새들은 인제는 그의옷자락밑
에기여들어서 수없는 그날의이야기를 재잴거리며 오지않겠지
요.

해가떨어졌음으로 집없는 바람이 또 다리밑에업디여서 앙앙

느껴웁니다. 집들은 회색의 大氣밑으로 소라와같이 몸을옴크리고기여듭니다. 그러고는 커 — 다란굴뚝을 거꾸로물고서 픽 — 픽담배를피지요. 어찌면그렇게도 전방진굴뚝일까요?

너무나엄청나게 큰꿈이 마을에 떨어지면아니된다고해서 검은 山들이 총총히 걸어와서는 마치「코삭크」의 步哨兵처럼 表情이 없이 우둑허니서서 마을을 구버봅니다. 그러면 작은등불들이 갑자기 집집의창문에 매달려서 밖을 내다보지요. 아마도 날 어댕기는 별들과 이야기하려는게지요.

移
動
建
築

훌륭한 아침이 아니냐?

蒼白한 하늘아래
戰野는 灰色이다。

毒瓦斯의 화끈한입김이 휩쓸고 간다。

骸骨과 같이 메마른 空氣가 窒息한다。

바람에 휘날려
下水道의 물우에 떠나려가는ㄱ칼렌더ㄴ한장
말광양이 一九三〇年。 잘가거라

江邊의 屠殺場
날카로운채찍이 빽빽한空氣를 찢는다。

動物들은 그 아래서 自己의번을 기다리는짧은동안을 삑다귀를

다토며 소일한다。

(오ー榮光이있어라。 人類에게)

어느새밤이가고

먼灰色의 地平線을

붉은웃음으로써 채우며 오는것은누구냐?

오ー새벽이다。 새해다。

그는 비닭이와 장미와 푸른날개와

그러한선물을 한수레 가득이실은 馬車를끌고

山마루턱을 넘어온다。

보기싫은 失望과悲觀 아름다운고양이들

너희들은 내품에서 떠나거라. 미지근한 잠자리에나 박혀있어라.

기름과먼지와피루성인

아름답다는 지나간날은

붙잡어 목을비틀어

차라리「페치카」에 접어넣자.

「짠」……

총끝의 불미를닦는일에 싫증이난다고하였지.

너의 塹壕는 너무나어둡다.

어서 뛰여나와서 「폴」의 손을잡아주어라.

「뜨랭크」

저자식은 山高帽를 둘러쓰고 조개의무덤우에서 춤을추겠지。

이「후ㅣ버」의「팬」

어서 너의 유리眞珠의 바구밀랑 바다에집어던지고 들로나오렴

순이

너는 훌륭히빛나는 살갈을 가지고있고나。

벗어버리럼으나 그런人造絹양말은……

방금 「그랜드오르간」인푸른바다가

뿡뿡을 시작했다。

들로나와서 너희들은 손을잡어라。

초하롯날은 水晶의바다다。

새벽의별들이 주착없이 흘리고간

흰눈의「벨벳트」우에
아침볕이　噴水와같이　퍼붓는다.

훌륭한　아침이아니냐?
쿵――쿵――쿵
나는저자식의　발자취소리가
아주듣기좋아……

어둠속의 노래

책상과 나와

「칼렌다ー」의 막장과

燈불과……

灰色의 戰野에서는

내가 잊어버리고온

수없는 戰死者와 負傷者의무리가

하나씩 둘씩 무덤의먼지를 떨치며 일어난다.

어줄없이 바짝마른 이리한마리(그 이름은 生活)

오늘도 내발굼치에서 떠러지지않는다.

어둠의 洪水 —— 굼틀거리는　검은물바퀴의　얼굴에　떴다　꺼졌다

떠오르는

춤추는　한팔……

파ー란부르짖음……

찢어진心臟……

엑……

이런

독수리가　파먹다남은

生活은

下水道에나　집어던저라。

열두時넘어서

별과 燈불을 떠우고

防川아래

꿈을알른　下水道에……

無限히　떠끌을生産하는　이都市의　모ー든排泄物을　運搬하도록

命令받은忠實한　검은奴隷。

똥

먼지

타고남은　石炭재

棄兒　때때로死兒

찢어진遺書쪼각

警察醫가　「오ー토바이」에서나렸다。

거리의거지가　鍾閣에　기댄채　꼿꼿해버렸다。

敎堂에서는　牧師님이

最後의　祈禱끝에　「아ー멘」을불렀다。

다음날아침　朝刊에는　그전날밤의　추위는　十六年來의일이라고

거짓말했다。

來日은　紳士와　淑女들은

安心하고　네거리로　나올게다。

劇場에서는

學生과　會社員들이　사이좋게

같은蓋에서　炭酸「가쓰」를　비았었다드리켠다……

芝罘種의　무우와같은　「스크린」의　「아메리카」女子의다리에　食

慾을삼킨다。

어둠의 洪水

거리에 구비치는 어둠의 흐름

太陽이 어대갔느냐?

어대갔느냐?

내 가슴은 太陽이 안고 싶다.

商工運動會

愉快한　奏樂을　앞제우고

서슬좋은　假裝行列이　멸며 간다……

「씨―자」의　루구를 쓴 商會

粉칠한　丸藥의 女神

붉게

푸르게

變하는　行列의 表情

敬意를　表하기위하야　멈춰서는　푸른電車의 禮儀。

舖道를　휘덮는　시드른얼굴들을　물리치면서

건방진 行列이
凱旋將軍을뽑낸다。

뭇솔리니、뻐지니、쏴바니、제르미니
루ー즈벨트、벨트、벨랑、슈ー베르트
힐트、힘멘쓰、히스트、히틀러
그게 모도다
우리의무리의
동무다 동무다 동무다……

쉬ー人
종용해라
누가 拜金宗聖書의 第一章을朗讀한다

－186－

——돈을좋아한다는것은 元來不道德하고는 關係가없느니라。우

리의世界에는 그림자라는것이 없는法이니라。우리는 슬픔

이라는 憂鬱한女子를 본일이없노라。그러니까 기쁨까지가

稀薄한 透明體에 지나지않느니라——

奬忠壇으로 뛰여나온다。기여나온다。밀려나온다。

기고는

잠을쇠나 좀도적이나 늙은이나 어멈이나 고양이나 掛鍾에 말

主婦들은 그들의집을

이윽고 號角소리…… 選手가달린다。그러나 나종에는 商標만달린

自轉車가 달린다。

다。

움직이는　商業展의　會場우에서
壓倒된　머리가　느러선다。　주저한다。　決心한다。
『이　會社가좀더　加速度的인걸』
『아니　저　商會가　더빨은걸』
『요담의　廣木은　저집에가　사야겠군』

살어있는　「짜라투ー스트라」의
山上의　嘆息
──그들은　사람의　心臟에서　피를뽑아내고　그자리에
아침潮水의　자랑과　밤의한숨을　모르는　灰色建築을　세우는데
成功했다──

뿌라보ー　뿌라보ー

工場과 商店의 굳은 握手

뿌라보ー 뿌라보ー

핫 핫 핫 핫……

金起林詩集

太陽의風俗

昭和十四年九月二十日　印刷
昭和十四年九月二十五日　發行

定價　一圓三十錢

著作者　金　起　林
京城府梨花町一一二番地

發行者　崔　南　周
京城府鎭路二丁目九一番地

印刷所　漢城圖書株式會社
京城府堅志町三二番地

京城府鍾路二丁目耶蘇敎ビル內
發行所　學　藝　社
振替京城一六一六四番